رواية

جوري

وسيف الشمال

د. جُمان الريحاني

إهداء..

إهداء إلى الحب الحقيقي

الحب الذي يبقى على قيد الحياة إلى الأبد

الحب الذي لا يموت

إهداء إلى الحقيقة... حقيقة أن هناك حبا حقا موجود

نعم انه موجود بالفعل ولكن ليس الجميع محظوظ للعثور عليه

إهداء إلى جوري

إهداء إلى سيف الشمال

جمان الريحاني

كان في قديم الزمان، يحكى انه قد كان في زمان ما ومكان ما أسطورة وحكاية ومن روى الحكاية يقول بأنه قد كان.

كانت هناك فتاة جميلة وقد كانت في صغرها طفلة جميلة اسمها جوري.

منذ أن كانت جوري أميرة صغيرة وقد كانت تسمع الكثير من القصص والحكايات عن سيف الشمال وهو في مكان بعيد عن مدينتها التي تعيش فيها.

لقد كان سيف الشمل أشبه بالأسطورة أو الخرافة، لأن القصص التي تقص عنه كثيرة ولكن لم يره أحد بأم عينه قبلا قط.

كانت الأميرة جوري تسمع عنه ما سمعه قبلها عامة الناس ولكنها كانت لها أحلامها الخاصة بسيف الشمال، أحلاما تشبه أحلام كل الفتيات.

والأمر المختلف في جوري هو أنها أكثر يقينا من الجميع بوجود سيف الشمال وبأنه حقيقة لا خيال.

لم يكن أحد يعلم حقيقة ذلك السيف ولكن كان موصوفا بالنبل والخير وانه لن يجده إلا الشخص الذي اكتملت فيه الأخلاق والشجاعة، والنبل والشهامة.

لن يجد سيف الشمال إلا شخص يشبهه من ناحية أو أخرى.

حلمت جوري الصغيرة كثيرا بسيف الشمال وكانت تصبو إلى أن تراه تلمسه أو تمتلكه ولكنه كان أشبه بالأسطورة والحلم.

كان حلم حوري الصغيرة يكبر معها يوما بعد يوم ولم تنسه ليوم واحد.

كانت أحلام الأطفال تتغير مع السنوات، وأحلام الفتيات تصح أحلام أحلى وأكثر أنوثة مع مرور الزمن وكلما أصبحت الطفلة فتاة كلما تغيرت أحلامها.

ولكن الأمر لم يكن كذلك بالنسبة لجوري التي كانت تحمل في قلبها حلم الفرسان منذ أن كانت طفلة صغيرة ولازالت تحملها في قلبها وهي اليوم فتاة شابة جميلة.

وعندما أصبحت جوري الصغيرة شابة جميلة وتقدم لها الكثير من الخاطبين لم توافق على أشجعهم ولا على أوسمهم ولا على أكثرهم مالا وثراء وجاها وسلطانا.

لقد أصبحت من أجمل الفتيات والجميع يشهد لها بجمالها وأنوثتها وروعة أسلوبها في الكلام والحركة.

لم تكن جوري فتاة متطلبة ولا صعبة الإرضاء ولكن كان لها حلم يراودها.

لم تكن جوري تحلم بالزواج التقليدي، بل كانت تحلم بالحب والزواج والأسرة، ولكن لم يكن الوقت مناسبا لأن كل تفكيرها كان متعلقا بسيف الشمال.

وقد كان لها حلم بالزواج مؤجل إلى ما بعد، حلمها بالزاج أن لا تتزوج زواجا تقليدا مثلما تفعل كل الفتيات، بل كانت ترى بأنها فتاة مميزة وليس لها مثيل لذا هي تبحث عن رجل مميز وليس له مثيل.

ولكن حلم سيف الشمال هو الأقوى وهو الذي يحتل المرتبة الأولى، يأتي بعده الزواج.

لقد كان لها هدف في الحياة، كانت تحلم بإيجاد سيف الشمال أولا وبعد ذلك يأتي كل شيء.

"سيف الشمال أولا"

"لقد كان حلمها في الحياة هو سيف الشمال"

كانت تحلم دوما بسيف الشمال وكانت تريد أن تصل إليه حيث هو.

لم تكن هي الوحيدة التي راودها الحلم بسيف الشمال لأن الكثير من الفرسان قد حلموا به ولكن ليس الكثير من الفتيات، أما هي فقد كان حلم حياتها هو سيف الشمال.

لقد كان سيف الشمال حلم الشجعان ولكنه اليوم حلم جوري الشابة الجميلة.

جوري وحلم الشجعان

خرج الكثير من الناس سعيا وطلبا لسيف الشمال ولكن لم يعد أي أحد منهم، بل ولم يسمع أن أحدا قد وصل إليه، أو حتى لمحه بعينه أو رآه.

فقد الكثير من الناس أعزائهم وأحبائهم الذين تملكهم حب سيف الشمال، أو كان يمثل حلما لهم.

من خرج لأجل سيف الشمال لم يعد ولم يسمع عنه خبر.

وكأن هناك خطرا يحدق بكل من يسعى لأجل سيف الشمال.

لقد كان الأمر مخيفا عند البعض، والبعض يخافون من الكلام عنه، بينما يعتبره البعض مجرد خرافة ولا يحبذون مناقشة الأمر ولكن رغم كل شيء لم يكن هناك خبر واحد أكيد لا على مكانه أو شكله.

لقد كان يمثل خرافة الشجعان.

لم يكن مكان سيف الشمال معروفا ولا العثور عليه كان سهلا أو في المتناول.

لقد كان اقرب للأسطورة ولكن جميع الفرسان كانوا يؤمنون بوجوده وذلك لأنه في نفس الوقت وجوده يعطيهم القوة والإرادة.

انه سيف الشجاعة والشهامة.

لقد كان مثل الجائزة التي لم يصل إليها أحد ومثل التاج الذي لم يتوجه به أي أحد من قبل ومثل التكريم الذي يحلم به الكثيرون ولكن ليس الجميع بل فقد الشجعان

والفرسان والذين لديهم قوة الإرادة والعزيمة والذين لا يهابون المجهول ولا يخافون الأهوال.

وفي يوم استيقظت جوري وارتدت ملابسها وودعت أهلها وخرجت من البيت متوجهة إلى حيث هو سيف الشمال.

لم يسبق أن خرجت فتاة ولا امرأة ولا أميرة ولا أنثى من العامة طلبا وسعيا لسيف الشمال.

رغم أن الشباب كانوا يتغنون به ويضربون مثل الشجاعة به أمام الفتيات لكي تقبل بهم الفتيات للزواج.

كانت هذه أول مرة تخرج فتاة لأجل سيف الشمال.

لقد قررت جوري أن تطارد حلمها وان تسعى إلى سيف الشمال الذي شغلها كل حياتها.

كان قرارها هذا شجاعا ومقداما، كان قرارا مصيريا وخطيرا، لأن الخروج في مثل هذه المهمة يعتبر مجازفة فالنتيجة غير مضمونة كما أن أقوى الرجال والفرسان لم يعودوا عندما خرجوا في نفس المهمة.

سافرت جوري آلاف الأميال، بمفردها، وهي تسافر على حصانها الصديق الوفي والقوي والجميل، انه حصان أصيل ابيض اللون، يحمل حصانها اسم ساري.

كانت مستمتعة بسفرها المرهق والمتعب، حتى انه قطعت مسافات طويلة، وعانت من مشقات كثيرة.

لم يكن سفرها بريا فقط بل قد قطعت بحارا أيضا، صعدت جبالا وتحدت عواصف وأمواج حتى وصلت إلى الشمال حيث يظن الكثيرون بأن سيف الشمال هناك.

ربما كان هذا هو السر وراء لقبه الشمال، وربما اسمه
بالكامل كان سيف الشمال ولا علاقة لموقعه باسمه،
ولأن لا أحد يعرف عنه الكثير كان يلقب بسيف الشمال
وفقط.

قطعت جوري صحراء واسعة، صحراء في الشمال،
إنها ارض قاحلة، لا أشجار ولا أناس ولا اثر للحياة
عليها.

مشت ومشت في تلك الصحراء الواسع، والتعب باد
عليها وعلى حصانها، مشت حتى ظهر لها جبل في
وسط الصحراء

انه جبل قد سمعت عنه من قبل.

انه جبل يظهر لك فجأة، وبعد أن يتمكن منك التعب
وأنت تظن بأن تلك الصحراء لا تنتهي.

وكأنها قطعة ارض لا بداية لها ولا نهاية لها.

في تلك اللحظة لا تعرف متى سيظهر لك جبل هناك

فقط هكذا.

وكأنه يظهر من العدم.

وهذا الجبل هو المكان المنشود.

يقول الناس أيضا بأن هناك غيلانا تعيش عند سفح الجبل وكانت هناك غولة هي كبيرة الغيلان تحرس الجبل.

وهذه هي الأسطورة التي كانت ترعب الناس جبل وغيلان وموت محتم لكل من يقترب.

لم يكن أحد يعلم عدد الغيلان، ولكن كلما كان يقال عنها هي أمور تثير الرعب في النفس.

الغيلان هي وحوش كبيرة الحجم، بل ضخمة، وكان يقال بأنها تستطيع أن تقتل رجلا بقبضة يد.

ويقال بأن لها نفسا كريها فاذا تجشأت على رجل سقط صريعا، ولقي حتف.ه

ويقال أيضا بأنها لو جلس أحدها على رجل قد قتله، فهي لا تحارب بقدر ما أنها تقضي على العدو (عدوها) بهجمة واحدة فلا يدري ما أصابه حتى يقضى عليه.

لقد كان كل ما يحكى عن الغيلان مخيف ولكن الأكثر هولا وتخويفا كان الغولة التي تحكم الجبل.

الغولة الكبيرة

كل من في الجبل هم غيلان وهناك غولة واحدة، يقولون لها الغولة الكبيرة وهي التي تحكم الجبل وتحكم الغيلان.

إنها غولة بمثل حجم الغيلان ولكنها الأكثر قوة وفتكا، والأكثر حكمة وخبثا، إنها الغولة الأذكى على مر السنين.

تختلف الغولة عن باقي الغيلان في أمور عديدة، من بينها إنها هي الزعيمة، وأيضا التي تأمر بأمر فينفذ على الفور

كما أنها تجلس وترتاح فيما باقي الغيلان يسهرون على طعامها وشرابها قبل أن يضع أحدهم لقمة في فاهه يجب أن يحرص على ملئ بطن الغولة الكبيرة.

وتختلف عنهم من حيث الشكل قليلا فهي أكثر اسمرارا منهم جميعا يقولون أحدهم رمادي وأحدهم بني وأحدهم له لون لبني أما الغولة الكبيرة فهي ذات لون اسمر.

ويقولون بأنها تمتلك شعرا أكثر فهي صاحب شعر أشعث وأطول من شعر الغيلان قليلا.

إنها زعيمة الغيلان وحاكمة ذلك المكان ولكن لا أحد يعلم صلة القرابة بينها وبين البقية بينما يعتقد بأن بقية الغيلان هم إخوة.

تشعر الغولة الكبيرة أحيانا بحكة في شعرها ولها لهذا وصفة حكيمة.

يقوم أحد الغيلان بغلي الماء فتضع رأسها في الإناء وتشعر براحة بعد ذلك تستمر لأيام أو أعوام.

لقد كان للغولة الكبيرة سر من أسرار البقاء، وكانت الوحيدة التي تعرف هذا السر الذي يحافظ لها على حياتها وطول عمرها.

فالغولة الكبيرة كانت ولازالت تعيش بفضل وجود سيف الشمال هناك، وهو تحت تصرفها بل هناك من يعتبره ملكا هي.

ولو استطاع أحد أخذه منها، فإنها من المحتمل ومن الممكن جدا أن تموت وتفقد حياتها إلى الأبد.

فهو يمنحها الحياة والقوة والاستمرار، والخلود طالما هو في حوزتها.

لقد كانت تستمد قوتها وطاقة الحياة من سيف الشمال ذاته، وهو السبب وراء إنها حية طالما هو في قبضتها ويمكنها أن تعيش ألف سنة.

وهناك من المسنين من يقول بأنه سمع عن سيف الشمال وتلك الأسطورة منذ أن كان صغيرا، وهناك من يقول بأن أجداده قد سمعوا هذه القصة عن سيف

الشمال والغولة منذ مئات السنوات وقد تكون خرافة ولكن اغلب الظن أنها حقيقية.

ولا يكذب تلك الحكاية أو الأسطورة إلا الذين يخافون والذين لا قوة لديهم لمواجهة الغولة أو حتى التفكير في ذلك.

كان في حوزة جوري الكثير من المعلومات، التي كانت ستعتمد عليها في القتال مع الغولة الكبيرة والغيلان المخيفين.

لقد سرت بوصولها وأخيرا إلى المكان المنشود ولم يكن في قلبها خوف ولا نية للتراجع.

لقد كانت جوري مقدامة، وحبها لسيف الشمال يمثل أقوى دافع يمكن أن يجعلها تستمر لآخر نفس.

كان سيف الشمال حبا لها، ودافعا وهدفا، وغاية ورجاء وكانت تريد الوصول إليه بأي ثمن.

لم تكن جوري فتاة عادية بل كانت ذات حنكة وذكية، عندما وصلت إلى المكان المراد الوصول إليه قررت البقاء بعيدا وتدارت عن الأنظار.

حاولت أن تجد مكان للاختباء لكي تنال قسطا من الراحة قبل معركتها الكبرى مع الغيلان.

وبعد أن وجدت كهفا وقد أصبحت هناك أشجار أيضا مع الاقتراب من المكان أكثر فأكثر من الجبل.

كانت ذكية فحاولت أن تدرس ساحة الحرب قبل بدء أولى معاركها لكي تعرف ما يعرفه العدو عن أرضه التي هي ساحة القتال.

لقد كانت متشوقة للهجوم ولكن ذكائها جعلها تتروى وتكون فكرة عما ينتظرها أولا.

وبعد أن ارتاحت هي وحصانها بدأت في اكتشاف المكان، ولكن فقط من بعيد.

إن موعد وصولها للمكان كان نهارا ويقال أن الغيلان يضعف بصرها خلال النهار لذا هي لم تكن متخوفة من أن يعرفوا بوصولها، ولكن الحظ حالفها هذه المرة.

كانت جوري تجيد فنون القتال وقد تربت على الهجوم وليس على انتظار الهجمات ولا على الدفاع إلا في حالات قليلة.

لقد كان قوية جدا نظرا لكونها فتاة جميلة ولا توحي هيئتها بأنها محاربة ولكنها في الحقيقة من أشجع الفرسان وأكثرهم جمالا أيضا.

لذا كانت تدرس الحرب والعدو كثيرا قبل الهجوم وما كان يميزها عن الغيلان الضخمة والقوة هو سرعتها وخفتها ورشاقتها، فالغيلان كانت بطيئة الحركة ولكنها قوية.

إجادة الفنون القتالية بالإضافة إلى سرعة الحركة هو أمر مهم وهذا يعطيك فرصة كبيرة للفوز على غول.

لقد كانت جوري قد أخذت كل احتياطاتها، ودرست عدوها لكي تتمكن من هزيمته، فهي مصرة على الفوز. والانتصار ونيل مرادها ولم تكن تريد أن تدخل معركة إلا أن كان النصر سوف يصبح حليفها.

فدخول حرب مع الخوف والتردد يختلف تمام الاختلاف عن دخول معركة مع نية الفوز والانتصار.

تصارعت جوري التي كانت تجيد القتال مع الغيلان

الذين كانوا كبيري الحجم ولهم قبضة قوية وبخلاف

ذلك لا شيء يخيف فالغيلان لم يكن لديها سرعة ولا

سرعة بديهة بل كانوا في منزلة الأغبياء قليلا إلا

الغولة الكبيرة.

الغولة الكبيرة التي كانت هي الأنثى الوحيدة على سفح ذلك الجبل وكل الجبل والتي كانت تتميز بالخبث والدهاء.

لقد كان يعتبرها كل الغيلان أنها هي الزعيمة والتي تمتلك أمر حياتهم وموتهم بالإضافة إلى أنهم يعتبرونها أيقونة القوة والذكاء.

كل الغيلان يعيشون تحت طاعة الغولة الكبيرة ويحققون لها كل رغباتها ويطيعون أوامرها التي ينفذونها على الفور ودون نقاش، بل إنهم يطيعونها بصفة عمياء.

كما أنها كانت تستطيع عصر قلوبهم بقبضتها وتستطيع سلبهم حياتهم بكل سهولة لذا كانوا يحرصون على نيل رضاها وعدم عصيانها.

اذن لقد كان هذا هو السر في أنها تتحكم بحياتهم، وبالمدة التي قد يستطيعون عيشها، فهي المسئولة عن موتهم وعن إعطائهم فرصة للحياة.

ولأنه من الضروري أن يكون لدى جوري سلاح، والتي هي في الحقيقة لم تكن مسلحة، إلا أنها قامت بصنع سلاح خاص بها.

كانت جوري قد نحتت سيفا من خشب ولكنه حاد الطرف وهو ما كان سلاحها ضد الغيلان، وقد جعلته حادا جدا فكان يشبه السيف إلى درجة كبيرة ولكن طرفه الحاد يمكن أن يقتل أي مخلوق، وخاصة إن واجهته بسرعة وخفة.

فالحديد يمكنه أن يجرح الغول، وقد ينزف لمدة طويلة ومن الصعب أن تلتئم جراحه، ولكنه لن يموت بطعنة سيف حديدي.

وعلى العكس من الحديد فان طعنة بواسطة سلاح خشبي قد تودي بحياته على الفور، وخاصة إن كان مكان الطعن محددا والطعنة موجهة ومتقنة.

من الجيد أن كان لجوري الكثير من المعلومات عن القتال مع الغيلان فهذا سوف يجعلها تعرف ما يجب فعله في حربها الضارية مع الغيلان المخيفة والضخمة.

فمعرفتك للعدو تجعل المواجهة تصبح أسهل أو بالأحرى تجعل الأمور أوضح بالنسبة لك وليس كالقتال مع عدو تجهل حقيقته تماما.

كانت جوري تحلم بأن تصبح صاحبة سيف الشمال الذي يقولون بأنها إن تمكنت من الحصول عليه سوف تحصل على قوة خارقة تخولها من حكم منطقة كبيرة من العالم وربما تصبح ملكة يوما ما، فمن يدري؟.

حب جوري لسيف الشمال كان حب حقيقي ومميز.

لقد كان حبا من جوانب عدة من بينها أنها كانت تريد أن تثبت للجميع بأنها ذات شجاعة وأخلاق عالية لان سيف الشمال قد وثق بها وأصبح ملكا لها فمن يحصل عليه تكون هذه صفاته.

كما أنه من سيحصل على سيف الشمال من المعروف انه سوف يخلصه من قبضة الغيلان ومن يفعل ذلك، لن يفعل ذلك إلا فارس شجاع، ذلك هو من يستطيع التغلب على عدة غيلان.

رغم أن غول واحد يستطيع أن يقضي على قرية كاملة، ويبيدها تماما.

وتكمن بعض الجوانب الأخرى في إنها كانت حقا تتلهف لرؤيته ولمسه ومسكه بين يديها.

وكانت تتوق لأن يصبح ملكها فهكذا تحقق حلمها بل أقوى وأعظم أحلامها وبعد فعلها لذلك يمكنها أن تواصل حياتها ببساطة.

وأيضا أنها كانت ترى أحلاما كثيرة عن ذلك السيف وكان لها يقين بأنها تستطيع الحصول عليه وهكذا ترتاح من كل تلك الأحلام والهواجس التي تراودها.

كما أن هناك جانبا أنانيا يقول في داخلها بأنها عندما تحصل عليه سوف تتباهى أمام كل الفتيات وكل

الفرسان والأمراء الذين تقدموا لخطبتها بأنها كان لديها حلم يستدعي الانتظار والمغامرة لحصولها عليه.

لقد كان لديها طريقة تفكيرها الخاصة ولم تكن مثل كل الفتيات بل كانت فتاة مميزة في شكلها ومميزة في كطريقة حياتها ومميزة في تفكيرها.

إنها جوري صاحبة حلم سيف الشمال.

وقد كان الجميع يلقبها بهذا اللقب.

لم يكن من الغريب فوزها في حالة فازت بسيف الشمال لأن الجميع يعلم مدى حبها له وتعلقها به.

لقد كانت جوري تفكير في نيل وسام يعبر عن مدى شجاعتها وشهامتها ولم يكن في العالم أكثر تقدير من سيف الشمال الذي كان يعبر في عقول الجميع عن ذلك.

لقد كانت تحلم أيضا بأن تجعل تلك الأسطورة حقيقية وان تحققها فكيف لكل الفرسان أن لا يتهافتوا على إيجاده ولو فقدوا حياتهم.

لقد كان تفكيرها في أن الموت في سبيل سيف الشمال هو بحد ذاته شرف للشجعان والشرفاء.

انه سيف الشرف وسيف الشجاعة.

انه وسام ليس له مثيل

انه شغلها الشاغل والأمر الذي يجعلها لا تستطيع أن تفكر في أي من أمور الحياة، وقد حان الوقت لكي تجعل حلمها ذلك حقيقة.

ولكن من يسمع ما ستقدم عليه سوف يعتقدون بأنها تجازف بحياتها وتعرض نفسها للخطر وربما هي سوف لن تعود إليهم أبدا.

فقد خرج الكثيرون ولم يعد أي منهم فكيف لفتاة أن تخرج لأجل سيف الشمال.

وهكذا دخلت جوري في معارك ضارية، وحرب جسور، وبعد كر وفر وصراع مع الغيلان دام لأيام وأيام تمكنت جوري من القضاء عليهم فلم يبق من ثلاثة عشر غولا إلا ثلاثة غيلان بالإضافة إلى الغولة الكبيرة.

انه من ذكاء الغولة الكبيرة أن كان مكانها داخل الجبل وكهوفه والسهل المحيط به وسفح الجبل وكل المنطقة غير معروف.

بينما كان الغيلان منتشرين في أماكن محددة كانت قد حددتها هي لهم ولا يغادرونها أبدا.

لقد كان الغيلان هناك يسهرون على راحة الغولة الكبيرة وقبل ذلك على حمايتها وتوفير الأمان لها.

فلم يكن إلا أحدهم هو المسئول عن الطعام والبقية. يحرسون المكان والغيلان لا تأكل كل يوم.

وكلما جاء موعد الطعام كان الدور على غول آخر لإيجاده وتحضيره.

الغيلان الثلاثة

الغول الأول:

أول غول منهم كان يعاني من الم في رجله، وكان يصرخ صراخ رضيع صغير.

كان صراخه محرجا بالنسبة لحجمه الضخم، لقد كان الأمر غريبا بعض الشيء.

لم يكن ذلك الغول يعلم ما حل برجله، ولكنه كان يشعر بألم قاتل.

فلم يكن يمتلك إلا الصراخ والبكاء ولكن ذلك لم يكن يحسن من حاله ولا يقلل من الألم الذي يشعر به.

فمنذ القدم والجميع يعلم بأن الغيلان قوية وتعيش سنين طويلة.

ولكن في حالة ما اذا تعرض أحدهم لمرض أو داء أو حل به شيء غريب، فان ذلك سوف يلازمه حتى الموت الموت القريب، لأن ما يحل به سوف يودي بحياته بلا شكل.

وكل الغيلان كانت تعلم ذلك.

فهم كانوا غير قابلين للشفاء غير قادرين على بحث الداء ولا التداوي والعلاج.

ربما من كثرة الغباء أو من انعدام ذرة من الذكاء.

ولكن ذلك ما يشاع وذلك ما يحدث لأي منهم.

فمن تحل به مصيبة سوف يعتقد بأن اجله قريب ويحبس نفسه في الحزن والأسى إلى أن يسوء حاله

أكثر فأكثر. ويفقد الرغبة في البقاء فيفتك به مصابه وما لديه من نسبة الغباء.

الكثير من الغيلان ماتوا بهذه الطريقة وبأسباب تافهة ولكنها كانت تقضي عليهم.

لم يكن في وسع هذا الغول المصاب الا الصراخ، الصراخ الذي لم يكن ليجعل حالته تتحسن ولكن كان يعبر عن الألم الذي يشعر به والحزن لكونه يعلم بأن هذا سوف يكون هو سبب مغادرته الحياة.

لقد كان يصرخ لكي يعبر عن ألمه وأيضا لكي يعبر عن حزنه الشديد لأنه يودع الحيان ولن يعيش كثيرا.

كان يصرخ بأعلى صوته ليعبر عن حاله وليس طلبا للمساعدة، كما انه كان يئن طوال النهار والغيلان نائمة.

لم يكن ليقدم له يد العون أي غول لأنهم يجهلون بأن م يحدث مع أي منهم ربما له حل، فيكتفون بالنوم أو عدم

الاكتراث أو ربما الخوف من أن يدون الدور القادم على أحدهم.

لقد كان يعاني الغول منهم من شوكة فيموت خوفا، بعد معاناة طويلة.

لقد كان لدى الغيلان خوف مشترك وهو الموت جراء أية إصابة.

الغول الثاني:

أما الغول الثاني لسعته نحلة لذا كان وجهه متورم، ويشعر بحكة وألم واستعسار في النظر.

فلم يكن يستطيع رفع جفنيه أو حاجب من حاجبيه، وكان لديه مشكلة من شدة التورم في شفتيه فلم يكن يستطيع التكلم براحة وحرية.

لقد كان شكله مضحكا ولكن في الحقيقة كان ما يمر به حقا مؤلما.

كما انه لم يكن يستطيع تناول أي شيء وقد كان يشعر بعطش شديد منذ أن لسعته النحلة.

وقد تورم انفه أيضا فلم يعد بإمكانه التنفس بشكل سليم، فكان يتنفس ويصدر أصواتا غريبة من انفه.

كان يظن ذلك الغول بأن حياته على شفير النهاية وبأنه سوف يودع أخويه قريبا لأن نحلة لسعته وفعلت في وجهه كلما حدث له.

لقد جعلته تلك النحلة يعاني كثيرا وبمجرد لسعة واحدة شوهت له وجهه وحرمته من الماء والتنفس.

لقد كانت نحلة شريرة وربما قصدت ما فعلت لأنها سوف تجعله يموت بلا أدنى شك.

ربما كانت نحلة سامة أو قاتلة أو ربما حقنته بمحلول قاتل أو سم.

الأمر كان اكبر من يستطيع استيعابه أو فهمه.

ولكنه يشعر بكل ذلك الألم والألم يعني قدوم الموت واقترابه.

وبعد أن يصاب أي غول فان تفكيره ينصب على الموت حتى يموت، ولا يستطيع أن يفكر في أي أمر آخر، وهذا يحدث معه غصبا عنه، وليس بإرادته تغيير الوضع الذي يكون قد وضع فيه بفعل القدر.

فيرضى بنصيبه وينتظر مصيره مكتوف اليدين.

الغول الثالث:

أما ثالث الغيلان فقد كان جبانا بشكل لا يوصف لذا كان يخبئ رأسه خلف شجرة ولكن باقي جسده مكشوف للعراء ويمكن رؤيته بشكل واضح.

كان يخاف من كل شيء، يخاف من الليل لأنه في نظره طويل وغامض ومظلم ومخيف بكل الأشكال.

لقد كان يسهر كل الليل في انتظار أن يبدل مكانه النهار وهكذا يرتاح فيخلد للنوم ويريح جسده.

كما كان يرى بأن أصوات الليل مخيفة، مثل صوت الصرصور وصوت البومة وغيرها من الأصوات.

فحتى صوت حفيفي الأوراق ليلا يثير قلقه.

كما انه كان يقلق أكثر عندما يغيب القمر أو تحجبه السحب، لقد كان الظلام هو ما يثير رعبه.

ورغم أن النهار يريحه إلا أنه كان يخافه لسبب معين وهو أنه لا يستطيع الرؤية بوضوح خلال النهار.

ورغم أن القمر كان يحد من شدة خوفه ليلا إلا انه كان يخافه، وكان يخاف من القمر لأن شكله يتغير وغير ثابت، فكان يرى بأن هذا الكائن هو قوي جدا لأنه متعدد الأشكال.

فكان يعتقد أنه عند اكتماله يستطيع أن يقتل أي أحد بشكل نوره الساطع وقد كان نظره ينقص ويضعف مع وجود الضوء.

كما انه عندما يصبح القمر في شكل هلال كان يعتقد
بأنه في مقدرته أن يقتل أي أحد بشكله الحاد فيغرز
ذلك الجزء الحاد في أي شخص فيموت.

لقد كانت لديه أفكاره الخاصة حول الكون والمخلوقات
ولكن كل أفكاره تتعلق بالخوف والموت.

وكان ذلك الغول يخاف كثيرا من الشمس لأن عيناه
تحرقانه عندما ينظر إليها غصبا فيراها برتقالية
متوهجة بالاحمرار كأنه دماء تنضخ منها.

لقد كان شكلها مخيفا جدا بالنسبة له فمن الممكن أن
تذهب بنظره في لمحة بصر بل كان يعتقد بأنه لو
يطيل النظر إليها فان عينيه سوف تنفجران، ويموت.

كان يخاف من الماء عندما لا يروي عطشه وهذا
يحدث له عندنا يكون متوترا فانه لا يرتوي

ومن الأمور التي تثير خوفه كل الغيلان الأخرى
وخاصة التي لا يعرفها، أي غير إخوته، أما بالنسبة

للغولة الكبيرة فهذه كانت تثير الرعب فيه وليس
بالخوف القليل.

51

كما انه يخاف كثيرا من كل الأمور الغريبة عنه.

المعركة الأخيرة

أمرت الغولة الكبيرة الغولان الباقيان بحمايتها والدفاع
عنها حتى الموت.

واختبأت هي في مكان آمن ولم يتعر مرضهم أي
اهتمام ولكن جوري اللطيفة وحين رأت ما بالغول
الأول عالجت له رجله.

فشعر بتحسن وترك لها المجال للعبور جزاء على
صنيعها بمساعدته.

وعندما رأت الغول الثاني في تلك الحالة ساومته لكي تساعده مقابل السماح لها بالعبور وفعلا حصلت على طريق خال بعد أن جعلت وجهه يخف من التورم.

وعندما وصلت إلى المكان الذي به الغول الثالث وعندما رأت حالته وهو يختبئ قالت له وبصوت عالي:

أيها الغول أين أنت؟

أخرج من مخبأك في الحال.

أنا هنا انتظر سوف أنتظر حتى تخرج.

أيها الغول هل تسمعني؟

وبعد فترة وجيزة عادت وقالت:

أيها الغول لدي اتفاق لك، اسمعه وان أعجبك سوف نتعاهد على بنوده.

ولكن لدي ما أقوله لك أولا، أنا جيدة في البحث عن الأشياء، كم أنني أجيد لعبة الاختباء.

لقد كانت جوري تسير ذهابا وإيابا وتتظاهر بأنها لا تعرف مكان الغول.

ثم قالت:

سوف ابحث عنك وان وجدتك دللتني عن مكان سيف الشمال وان لم أجدك عدت أدراجي ولن أحاربك ولن أضربك ولن أقتلك بسيفي الحاد هذا والذي يحمل دماء الغيلان الذين وجدتهم قبلك.

وبقيت تنتظر نتيجة تهديدها للغول الخائف وهي تعلم بأنه سوف يخضع لكلامها.

ومن شدة خوفه عندما سمع كلامها هذا وافق على شرطها فبحثت كثيرا حتى اعتقد بأنه حقا لا يظهر لها فتمكن من الغرور وراح يحسب لها الزمن لكي يتغلب عليها ولكنها وجدته وتحقق مرادها.

جلست إلى جانبه وهي لا تخافه لأنها علمت بأنه جبان وسألته عن ما يعرفه عن سيف الشمال قائلة:

أيها الغول أريد أن أسألك عن شيء

الغول:

وما هو؟

جوري:

أريد أن أسألك عن سيف الشمال

الغول:

وماذا عنه؟

جوري:

أريدك أن تخبرني عن كلما تعرفه عنه

الغول:

ولكن أنا لم أره سابقا

جوري:

ولكنك سمعت عنه بالتأكيد

الغول:

نعم سمعت عنه

جوري:

وماذا سمعت عنه

الغول:

سمعت بأنه هنا

جوري:

هنا أين بالتحديد؟

الغول:

هنا داخل الكهف في الجبل ولكن لم أره

جوري:

أين في الكهف؟

الغول:

لا اعلم ولكن هناك من يعلم

جوري:

ومن يعلم؟

الغول:

إنها الغولة الكبيرة هي الوحيدة التي تعلم أين هو؟

جوري:

هي الوحيدة؟

الغول:

نعم هي الوحيدة التي تعلم مكانه

جوري:

تبا

الغول:

هل تعلمين أمرا؟

جوري:

ماذا؟

الغول:

الغولة الكبيرة تضع مفتاحا في عنقها

جوري:

مفتاح؟

الغول:

أجل إنها قلادة وأنت لا تستطيع رؤيتها

جوري:

ولما لا؟

الغول:

هناك خيط طويل على عنقها ويدخل في ملابسها من منطقة الصدر، وعندما ترينها سوف تعتقدين بأنه مجرد خيط.

جوري:

وهو ليس مجرد خيط؟

الغول:

أنت شجاعة وذكية

جوري:

أكمل كلامك

الغول:

ليس مجرد خيط، إنها قلادة في صدرها، هناك في صدرها تحت ملابسها مفتاح معلق في الخيط.

جوري:

وما هو سر ذلك المفتاح؟

الغول:

أظن بأن ذلك المفتاح يفتح المكان الذي به السيف.

جوري:

هل تعتقد ذلك؟

الغول:

لا .. أنا متأكد الجميع يعلمون ذلك

جوري:

اذن سيف الشمال داخل الكهف ومفتاح الكهف عند الغولة، ولكن هل المفتاح يفتح الكهف أو يفتح مكانا آخر؟

الغول:

لا اعلم، ما اعرفه أن المفتاح يفتح السجن الذي به سيف الشمال.

جوري:

السجن؟

الغول:

أجل السجن، ألم تكوني على علم بذلك؟

جوري:

هل تقصد أمر السجن؟

الغول:

نعم ربما أنت لا تعلمين شيئا عن سيف الشمال يمكنني أن أخبرك بأمر ما.

جوري:

وما هو؟ أخبرني رجاء

الغول:

سيف الشمال هو سيف من نور

وهو في الحقيقة يعتبر مسجونا ولن يستطيع تحريره إلا شخص اجتمعت فيه الخصال الحميدة والشجاعة.

جوري:

يبدو الأمر جادا وخطيرا

الغول:

أنت شجاعة

جوري:

هل تظن ذلك؟

الغول:

لا.. أنا اعلم ذلك.

وأظن انك سوف تحررينه وسف يكافئك بالتاج والملك.

ابتسمت وقالت:

أنا لا أريد تاجا ولا ملكا

ثم تنهدت وقالت:

أريد فقط سيف الشمال

وأضافت قائلة:

لطالما حلمت به وأريد الحصول عليه.

قال لها الغول:

هل تعلمين بأن سيف الشمال يحس ويسمع.

وأكمل كلامه وقال لها وه ويشير إلى الجبل:

انظري هناك من فوهة الجبل إنها ليست فوهة بركان بل في ذلك المكان يقولون بأن سيف الشمال هناك ويستمد طاقته من الشمس نهارا ومن القمر ليلا لذا يجب أن يتعرض للهواء فسجنه مغلق من الجوانب مفتوح من العلى.

انظري هل ترين الشعاع المتوهج من الفوهة ذلك الشعاع ينبع من سيف الشمال.

لقد سمع كلامك وشعر بوجودك لذا هو يتوهج.

يجب أن تؤمني بما تشعرين حين تري النور المشع من سيف الشمال وأغمضي عينيك وأنت تضعين يدك على قلبك ثم افتحيهما وسوف تتمكنين من رؤيته.

أتمنى لك الحظ وان تتغلبي على الغولة الكبيرة.

شكرته جوري وهمت بالرحيل ولكنه أوقفها وقال:

انتظري أريد أن أقول لك شيئا، أريد أن أساعدك لأنك تركتني حيا ولم تقتليني ولي رجاء.

أولا:

الغولة الكبيرة تخاف العناكب

وثانيا:

ارجوك اقتليها لكي أتحرر فهي تستطيع عصر قلبي حتى لو كنت في بلاد بعيد يمكنها قتلي.

شكرته جوري وكانت ممتنة لكل ما قدمه لها من مساعدة ثم وعدته بأن سوف تقضي على الغولة ولن تسمح لها بأن تؤذيه هو أو أي شخص آخر.

طلبت منه الرحيل وان لا يبالي بالغولة الكبيرة لأنها لم يعد لها سيطرة ولن يبق لها وجود بعد مواجهة جوري لها.

بعد كلما مرت به جوري وبعد مواجهتها مع الغيلان، أصبحت أشجع من ذي قبل ولم تعد تخاف الغولة الكبيرة ولا أي غول.

لقد امتلكت شجاعة اكبر وأصبح مقدامة أكثر، كما أن يقينها في انتصارها أصبح اكبر.

لقد كانت تتقدم بخطى ثابتة وهي كلها سعادة باقتراب نصرها الذي باتت تشعر به قريبا جدا منها.

كما أن اقترابها من سيف الشمال قد جلب السعادة الى قلبها الصغير، إنها تقترب من سيف الشمال وتقترب من تحقيق حلما

فرؤية سيف الشمال سوف تجعل قلبها يرى السعادة، لقد كان هذا هو شعورها وإحساسها.

وخاصة انه لم يبق أمامها الكثير، فقد قطعت مسافة طويلة واقتربت.

وأيضا قد تخلصت من عدة مواجهات وتخلصت من عدد من الأعداء.

ولا يهم إن كانوا أقوياء أو ضعفاء المهم أنها قد تخلصت منهم ولم يعودا في طريقها.

لقد أصبح الطريق أمامها إلى سيف الشمال قصيرا وخاليا من الأعداء، ماعدا الغولة الكبيرة التي هي مصرة على مواجهتها والتغلب عليها فهي لن تتراجع الآن.

بل مازالت مصرة على خوض معركتها الأخيرة وان تحرر سيف الشمال وان يصبح بحوزتها.

فهي جوري الشجاعة.

المواجهة الحاسمة

فكرت جوري قليلا لكي تواجه هذه الغولة ولكي تتغلب عليها خاصة وأنها أصبحت تعرف نقطة ضعفها.

ثم وبعد ذلك بحثت جوري عن بعض العناكب فوجدت الكثير من نسيج العنكبوت فأخذت منه ووضعته على ثيابها ورأسها وأطلقت سراح شعرها ومزجته ببعض النسيج وقد كان شعرها اسودا وقصير لذا كان من السهل رؤية نسيج العنكبوت عليه.

ثم أخذت كيسا كان لديها كانت تضع فيه بعض الخبز وهو كيس من قماش ووضعت فيه كلما استطاعت جمعه من عناكب.

بعد ذلك تقدمت جوري من الكهف حيث كانت الغولة تختبئ وصاحت بأعلى صوتها وقالت لها وهي تخاطبها:

أيتها الغولة

أيتها الغولة أنا اعلم انك تسمعينني

فاسمعي ما سأقوله لك أيتها الغولة

أيتها الغولة ..

أيتها الغولة التي تظن بأنها عظيمة

أنا جوري

وأنا أحب سيف الشمال

وقد جئت من أجله ولن أدعه في قبضته بعد الآن.

هل سمعتني؟

هل سمعت ما قلته؟

هيا اخرجي أيتها الغولة

اخرجي من حيث أنت وواجهيني

اخرجي من مخبئك وواجهيني

ولعلمك لقد قضيت على كل الغيلان ولم يبق لك أحد
في كل هذا الجبل.

اخرجي وواجهيني لقد جئت مع جيشي

اخرجي وإلا أرسلتهم إليك

انه جيش عناكب جبار، وسوف يقضي عليك في لمح البصر.

أنا أريد المفتاح

أعطني المفتاح الذي في عبك، أنا أعلم كل شيء

أنا جوري وسوف احصل على سيف الشمال مهما يحدث ولن أتراجع.

هذا آخر تحذير لك وسوف ادخل الجبل.

قالت جوري كل ذلك الكلام وأمهلت الغولة بعض الوقت لكي تفكر وتتصرف.

لأنها أصبحت على دراية بقوة الغولة ونقطة ضعفها وكل مخاوفها، أي أنها قد درست العدو جيدا.

وجلست في هدوء وتأمل وانتظار كانت تعلم بأنه لن يطول كثيرا.

عندما سمعت الغولة كل ذلك التهديد لم تستطع أن

تتحمل كلام جوري فنظرت من ثقب في جدار الكهف

لكي ترى شكل هذه الإنسانة الجبارة التي تجرأت على

قتل كل الغيلان.

وهاهي تتجرأ على الغولة الكبيرة التي كان يخافها

الناس سمعا.

وعندما رأت كل نسيج العنكبوت ذلك التي على شعر

جوري الجبارة، انتابها خوف كبيرة وراودتها أفكار

كثيرة حول شجاعة جوري التي قتلت كل الغيلان الذين لطالما تغلبوا على كل من يقترب من الجبل.

كما تهيأت لها الكثير من التهيؤات والهلوسة حول العناكب التي ترعبها والتي لا تستطيع أن تتخيل اقتراب عنكبوت واحد ولو كان صغيرا جدا منها.

فقررت قتل نفسها بدل الاستسلام، وهذا ما جعلها تقوم بعصر قلبها، وهكذا وبكل شجاعة أو جبن قتلت نفسها بيدها وسقطت جثة هامدة.

لقد كان الموت حلا بالنسبة لها، وخاصة عندما اختفت من رأسها كل الحلول.

لم تكن الغولة ذكية ولكن خوفها قد غلب على تفكيرها ولم تعد ترى أمامها إلا ذلك العدو الذي يستعين بأكبر عدو لها في الحياة.

لقد كانت ترى القوة في عدوها والضعف فيها وفي قلبها، وقد كانت ترى موتها يقف أمامها.

ولم يهمها ما سيقال عنها بعدها، فلربما يقولون قتلت نفسها خوفا وجبنا وربما يقولون قتلت نفسها شجاعة منها، والشجاعة هي شجاعتان.

مرة لأنها امتلكت القوة لقتل نفسها.

ومرة لأنها لم ترد أن تصبح عبدة أو أمة للبشرية جوري فقررت إنهاء حياتها ولكن لا أحد يعلم ما كان يجول ببالها ولا لما أقدمت على فعل ذلك.

ولم تكن الغولة تعلم بأن جوري تكذب عليها في كونها قد قتلت كل الغيلان.

كما أنها كانت تبالغ حول أنها تمتلك قوة رهيبة ويمكنها التغلب على الجميع.

وأيضا في موضوع أن معها جيشا جبارا وهو جيش العناكب، وهذا راجع إلى الحنكة والذكاء.

وكون كل شيء يجوز في الحرب والحب.

فاستعملت حيلتها ودرست العدوة وهذا ما جعلها تتمكن

منها وتتغلب عليها.

وبعد أن انتظرت جوري الكثير من الوقت، قامت بإعادة التهديد بأعلى صوتها مرة أخرى.

وبعد ذلك قامت بالعد التنازلي لكي ترعب الغولة الكبيرة التي كانت ماتت قبل وقت طويل فقد قتلت نفسها لكي لا تعذيبها العناكب المخيفة المرعبة

فالأفكار لوحدها كانت قاتلة، لم يكن بإمكان الغولة الكبيرة أن تفكر كيف أن العناكب كانت لتمشي على جسدها بحركتها البطيئة

تلك الحركات البطيئة للعناكب كانت لتجعل الغولة الكبيرة تموت هي ألف مرة ومرة ولو لدغتها كانت لتصاب بجفاف لكل السوائل من جسدها.

فكانت لتجف كل قطرة من دمائها وتجف كل عروقها إلى أن يجف لعابها وماء عيونها فتموت ألف مرة بالبطيء حتى يتوقف قلبها.

لقد كانت تعرف مصيرها وما يمكن للعناكب أن تفعل بجسدها الضخم والقوى وهذا ما لم تتحمل تصورها فما بالك بالشعور به ومعاناته والذي كان ليستغرق وقتا وهي في عذاب.

دخلت جوري فوجدت الغولة ميتة في البداية اعتقدت بأنها تدعي ذلك وربما لديها خطة للدفاع عن نفسها بادعائها الموت، لكي توجه ضربتها القاضية.

وبعد أن تأكدت بأنها ميتة حقا بعد أن وقفت أمام رأسها الكبير ووجدت بأنه لا أنفاس تخرج منها، عرفت بأن

الغولة الكبيرة لم تكن كبيرة إلا بالحجم وفي الحقيقة كانت جبانة، هلوعة وضعيفة.

لم تكن لها آية قوة وكانت تعيش بفضل الغيلان الذين استضعفتهم واستعبدتهم لأنها تمتلك أمرهم وحياة كل واحد منهم.

من ناحية استغلالها للغيلان فقد كان هذا ذكاء منها، منا أن حجم الغيلان الضخم قد كان يجلب لهم سمعة أنهم أقوياء، لقد كانوا في الحقيقة يتمتعون بالحجم الضخم وليس القوة.

ولكن يبقى للحجم فائدته فهم مثلا يستطيعون التغلب على كل من له حجم اقل منهم بفضل الحجم الضخم.

ولكن عندما تنقصك القوة والذكاء فان ذلك الحجم لن يؤدي وظيفته الحقيقية.

كما أن الغولة لم تكن تعتمد فقط على الغيلان بل كان هناك سبب آخر وراء سمعتها وقوتها وكونها أصبحت في مثابة الأسطورة وأيضا ما كان يمدها بالحياة

والعمر الطويل انه ما يجعلها أيضا تشعر بالقوة والجبروت هو سيف الشمال، فبفضل قوة سيف الشمال وبامتلاكها له كانت تستمد منه الحياة والخلود.

ثم بعد ذلك تذكرت جوري سيف الشمال الذي قطعت
كل هذه المسافة من أجله، والذي صارعت الغيلان من
أجله، فسارعت وأخذت المفتاح من عب الغولة
الكبيرة.

نظرت هنا وهناك، بحثا عن أي باب يمكنه أن يفتح
بهذا المفتاح وبعد بحث مطول وجدت بابا ولكنه كان
اكبر منها، ومكان المفتاح عال جدا عليها.

فخرجت وطلبت من الغول الذي لم يكن قد غادر بعد مساعدته لها وبالرغم من أنها طلبت منه مغادرة الجبل.

فصعدت على ظهره وفتحت الباب ودخلت.

عندما دخلت لم يكن من الواضح بالنظر بأنه من داع للبحث في هذه الغرفة لأنها كانت فارغة تماما، فلم تجد شيئا بالداخل إلا غرفة خالية.

وبالرغم من ذلك فقد بحثت، ما كانت لتستسلم أو تعود أدراجها خالية الوفاض، وبعد طول بحث وجدت بأحد الجدران ثقب مفتاح فعلمت بأنه باب يؤدي إلى مكان ما.

ولكنها لم تكن تمتلك إلا مفتاحا واحدا.

وعندما عادت وخرجت لكي تسأل الغول وقالت:

أيها الغول

أيها الغول

الغول:

نعم يا مولاتي

جوري:

هل كان لدى الغولة أكثر من مفتاح؟

الغول:

لا

جوري:

غريب

الغول:

لماذا؟

ولماذا غريب؟

جوري:

غريب لأنني وجدت بابا آخر

الغول:

ولماذا غريب؟

جوري:

لأنه ليس معي إلا مفتاح واحد

الغول:

وهو لا يفتح الباب؟

جوري:

لا أظن ذلك

الغول:

كيف لا تظنين؟

هل هو يفتح أو لا يفتح الباب؟

جوري:

لم أجربه؟ لأنني لا اعتقد بأنه كان ليفتح الباب

كيف يمكن لبابين إن يكون لهما نفس المفتاح

الغول:

اذا لم تجربيه لن تعرفي.

جوري:

هل تظن أن علي فعل ذلك؟

الغول:

أجل جربيه لي تتأكدي

فالغولة الكبيرة كان لديها مفتاح واحد وهو الآن معك

جربيه.

جوري:

حسنا سأفعل.

انتظر هنا سوف ادخل لأي ما يحصل

وبالفعل عندما دخلت وجرب ت المفتاح فتح لها ذلك الباب لكي تدخل إلى غرفة أخرى.

وجدت في الغرفة الجديدة بابا آخر ولكن ثقب المفتاح هذه المرة كان أوطى أي أكثر انخفاضا من الثقب الأول ففتحت بنفس المفتاح ودخلت.

ووجدت غرفة خالية، وبعد أن تفحصتها ونظر إلى كل ركن فيها استنتجت أمرا ما.

علمت جوري بفضل ذكائها بأنه في كل غرفة خالية سوف تجد ثقب مفتاح في باب أو في جدار يكون الباب في مخفيا ولكن بالبحث الجيد تجد ثقب المفتاح واستعملت نفس المفتاح على كل الأبواب.

لقد كان الأمر محيرا ولكن من يمتلك الذكاء يجد الحلول دائما، ويبحث فيما يراه غير معقول عن أي أمر معقول، وعندما نحيل الأمر إلى العقل ونتعامل معه على انه يوجد أمر معقول دون محالة فان العقل يعمل عمله ويكتشف المعقول في اللامعقول.

فقد كانت الأميرة جوري تعتمد على ذكائها وقوتها فالقوة بدون ذكاء لا تنفع الشخص شيئا والذكاء بدون قوة جيد ولكن الذكاء مع القوة هو أفضل سلاح للمقاتل والفارس وهكذا لا يحتاج شيئا بل فقط بعض الشجاعة والأقدام وسوف يتمكن من أعدائه بكل ثقة ويقين.

وبالفعل دخلت جوري ثلاثة عشر غرفة وفي كل مرة الثقب يصبح اقرب والباب اصغر حتى أصبح يستوعبها هي كبشر ولا يمكن للغول الدخول.

لقد كان المفتاح لكل الغرف والثقب نفسه تقريبا
والأبواب لا تتشابه من حيث الحجم والمكان، ولكن
جوري قد فهمت الأمر ولم تعد مرتبكة بل أصبحت
أكثر راحة حتى وصلت إلى آخر غرفة.

وعندما دخلت آخر غرفة وقد علمت بأنها آخر غرفة لأنها وجدتها غريبة ومختلفة عن باقي الغرفة، ولا تشبه باقي الغرف في شيء.

فهي لم تكن فارغة، بينما كانت كل الغرف الأخرى خالية تماما، أما هذه فقد كان فيها شيء ما في الوسط وسلسلة ضخمة.

لقد كانت السلسلة تقود إلى ذلك الشيء الضخم الذي في وسط الغرفة.

لقد وجدت جوري سلسلة كبيرة فتبعتها وكانت تمتد من الباب إلى وسط الغرفة، إلى المركز، التي فوقها فوهة الجبل.

لقد كانت فوهة الجبل هي سطح منتصف تلك الغرفة.

لقد كان الموقع الذي فيه ذلك الشيء الضخم مدروسا بعناية ويبدو انه ليس موجودا فقط هكذا.

بل يعني شيئا ما.

فالغرفة كانت فارغة إلا من ذلك الشيء الذي في الوسط وبعد ثلاثة عشر غرفة وكلها محكمة الإغلاق، كل هذا يعني مدى أهمية ذلك الذي في الوسط.

والمكان معد بإحكام ولم يكن يدخل إلى ذلك المكان أحد والغولة البيرة هي الوحيدة التي تمتلك المفتاح رغم أن الباب الأخير لم يكن يتسع لها ولكن يبدو أن وراء الأمر سر ما.

لقد كانت الغرفة بالتحديد في مركز الجبل وبالضبط وفوق الصندوق الذي يتوسط الغرفة فوهة الحبل.

لقد كانت جوري تتقدم بخطى ثابتة وبروية وهي تتنفس
بتتابع تحاول أن تكتشف المكان وان تتمالك أعصابها
لأنها وبكل خطة تعتقد بأنها أصبحت اقرب إلى سيف
الشمال.

لقاء جوري وسيف الشمال

كان حول الصندوق سلاسل وقفل، فكرت جوري لبرهة في أنها ربما ستحتاج مفتاحا آخر ثم تذكرت كلام الغول الغبي الذي ربما كان ذكيا بالفعل وجربت نفس المفتاح ومن المفاجأة فتح لها القفل وعندما رفعت غطاء الصندوق أشع منه شعاع وهاج.

لم تستطع جوري أن ترى ماذا هناك فربما لو كان الشعاع خفيفا لتمكنت من رؤية سيف الشمال وحمله أخيرا بين يديها.

تذكر جوري كلام الغول الذي أعطاها الخطة لكي ترى سيف الشمال فأغمضت عينيها ووضعت يدها على قلبها وشعرت برغبتها لرؤية سيف الشمال الذي لطالما حلمت به وفجأة وبعد لحظات فتحت عينيها فوجدت بأن النور بدا في الاختفاء تدريجيا كان يخف شيئا فشيء حتى تمكنت من الرؤية.

لقد وجدت جوري أمامها شابا وسيما هو من كان داخل الصندوق.

وقد كان شاب بتاج على رأسه ويلبس ثوبا ابيض اللون وكأنه حقا مخلوق من نور والابتسامة مرسومة على وجهه.

نظر إليها.

وقال لها وهي لازالت متفاجئة:

شكرا لك يا جوري على تحريري وانقاذي لقد اثبت فعلا بأنك تجتمع فيك كل الخصال الحميدة والشجاعة أيضا شكرا.

شكرا لك وهيا اطلبي ما تريدين، التاج والملك ليسو بمشكلة بالنسبة لي وسوف تحصلين على كل ما تريدين أيضا.

بعد أن استوعبت جوري الجميلة ما يحدث، قالت له:

أنا لا أريد شيئا أريد فقط سيف الشمال

فقال لها:

أنا هو سيف الشمال فهل أنت تعنين ما تقولين؟

قالت له:

أنت هو سيف الشمال لقد حملت بسيف الشمال كل حياتي وكانت أمنيتي أن أراه وألمسه

سيف الشمال:

أنا مدين لك بحياتي

جوري:

عفوا، لم أكن اعلم بأن سيف الشمال هو رجل اعتقدت بأنه سيف شجاعة.

سيف الشمال:

أنا سيف شجاعة وبأمرك

جوري:

لا يمكنني السيطرة على حياة شخص

سيف الشمال:

لقد كنت اعلم بأنك سوف تأتين لأجلي يوما وكنت بانتظارك.

جوري:

كنت تنتظرني أنا؟

سيف الشمال:

نعم أنا أيضا كنت احلم بأن أراك يوما.

فأسطورة سيف الشمال كانت تقول بأن جوري سوف تحررني وتحرر موطني.

وهي المقدرة لي كزوجة.

فهل ترضين الزواج بي ولتصبحي ملكتي وزوجتي؟

احمرت جوري خجلا من كلام سيف الشمال

وقالت له: (بكل هدوء ورقة)

نعم

لقد وافقت الأميرة جوري على الزواج بذلك الشاب الوسيم "سيف الشمال" الذي اتضح بأنه لديه مملكة تحت ذلك الجبل.

وعندما اجتمعت قواه بشجاعة جوري التي حررته، اختفى الجبل فجأة.

وظهرت المملكة بأهلها بفعل قوة الحب.

لقد كانت جوري شجاعة لدرجة أن قامت بتحرير سيف الشمال وأيضا بفعل حبها له ساعدته في تحرير مملكته التي كانت تحت تأثير لعنة قديمة.

وذاع صيت جوري الشجاعة التي تزوجت بسيف الشمال سيف الشجاعة والحب والإيمان سيف من نور.

سيف الشمال الشهم النبيل الذي صدق مشاعر جوري وصدق إحساسها البريء وصدق صدقها وهكذا اقترن قلبه بقلبها واسمه باسمها ليصبحا أسطورة الحب والصدق إلى الأبد.

فكانت آخر كلمات جوري والتي كانت الأولى أيضا عندما رأت سيف الشمال لأول مرة بقلبها رأته وليس بعيونها فقط قالت:

"أحبك سيف الشمال"

وقد كانت تعني ذلك

فقد أحبته بقلبها قبل أن تراه بعينيها لقد كان حب جوري لسيف الشمال حب صادق وطاهر.

حب تحدى الكثير من المصاعب.

حب شجاع.

حب مقدر واكتمل بفعل القدر.

لقد كان حبا حقيقيا.

ورغم أن سيف الشمال كان محبوسا ومحتجزا إلا انه كان ينتظر جوري وكان بالفعل يحبها.

أما بالنسبة لها هي فقد قطعت من اجله مسافات طويلة، وخاضت معارك كبيرة، وتغلبت على الغيلان التي يهابها الجميع ويخاف منها ولم يسبق أن عاد من رحلة البحث عن سيف الشمال أي فارس.

لكن جوري قد وصلت بالفعل والتقت بحبيبها سيف الشمال الذي اتضح بأنه حقيقة وليس فقط أسطورة.

كما أنها قد وصلت إلى حقيقته واكتشفت من هو في الحقيقة.

لقد وقعت في حبه من أول نظرة كما وقع هو في حبها.

وكان اعترافها بالحب له رابطا بين الأرواح.

لقد أصبح حبها أسطورة مثلما كانت أسطورة سيف الشمال لدى الفرسان، سيف الشجاعة والشهامة.

سيف النبل والحب.

لقد أثبتت جوري بأنها تحب سيف الشمال فعلا عندما قالت:

"احبك سيف الشمال"

كلمات قالتها بإحساسها وشعورها وقالتها بنبضات قلبها وقوة تدفق الدماء في عروقها عندما رأت سيف الشمال لأول مرة.

وقد كان ثنائيا جمعه القدر وليس بفعل البشر.

Sommaire